梅の木の下で

三ヶ島千枝詩集

詩集　梅の木の下で＊目次

I

寒ボタンのような人　8
時をこえて　12
ガラス磨き　16
詩について　20
草取り　24
その家　26
空から降ってきた言葉　28
大型トラックの配送員　30
男の子　32

II

湯たんぽの温かさ　36
猫（一）　40

猫（二）　44
戻り梅雨　48
高校のグラウンド　52
北京オリンピック　56
水　60
啓蟄のころ　62
さくら　64

Ⅲ

長男の嫁　68
無音の暮らし　72
かたづけ　76
水について　80
築五十年の家　82

夜の散歩　86
梅の木の下　90
家庭科室　92
かりん酒　96
肩の痛み　100
車の運転　102
おはぎ　104

あとがき　108

詩集

梅の木の下で

I

寒ボタンのような人

宇佐美先生は
私が看護学生だった時の教務主任
学院の正面には
ナイチンゲール憲章の額があり
いつもその前を通って教室に入っていた

先生はテキパキと動きまわり
私達をおおらかに見ていてくれた
私が詩集を送ったら

丁寧に佃煮を添えて
礼状の手紙をくれた

年三回の詩誌も
一冊送っている
筆まめな人でハガキの裏表に
びっしりと感想を書いてくれる
長男さんが車椅子の生活で
抱いて移動させるので
腰を痛めマッサージに通っている
自分のことを
「転んでも、ただで起きない宇佐美」
と、あくまで前向き
毎日、食事会、コンサート、習い事と

スケジュールがいっぱいのようだ

十年ぶりで会う事にした
小柄でキビキビした足取り
絶え間なく話す口調が
押し付けがましくなく
私は亡くなった姉と会っているようだった

年賀状も五百枚出していたのを
百五十枚に減らしたという
その一枚が私宛である

冬の陽射しに咲く寒ボタンのような人

時をこえて

「又、会いましょうね」
電話口から澄んだ声が聞こえる
電話してきたのは秋田に住む
中学時代の友人
彼女の長女は四十八歳になる
ダウン症を持って生まれ
二番目の子を妊娠した時は
心配で大学病院に通い

遺伝子の検査を受け出産した

障害のある人の働く場を作るため
仲間と食用廃油を使った
洗剤を作り、ＮＰＯ法人にし
夏場は野菜と花も作る様にした
そして親子で通い働いている
古希を過ぎ体はきついけど
もう少し頑張らなければと

環境にやさしい洗剤は
お勝手、風呂場、洗濯機の中にいれ
私は重宝している
彼女の子は私の子でもある

中学の校舎の窓から
人なつっこい彼女の声が届く
「又、会いましょうね」

ガラス磨き

暮れの大掃除で
一年の埃を被り汚れた
物置のガラス戸を雑巾を絞り
ゴシゴシ磨く

私が看護学生だったとき
冬休み前は全員で
教室、講堂、自習室のガラス戸を
磨くのだった

腰高のガラス戸につかまり
冷たい指でガラスを磨いた
それを終えると
ふるさとに帰れるのだ

クラスの三分の一位は
九州から来ていた
夜行の特急券を取ったとか
家族に会える楽しみで
掃除をしていても
話は弾むのだった

暮れの大掃除で磨かれたガラス戸は
半世紀前の陽と同じ

キラキラと周りを眩しく
照らしている

詩について

高校二年の時
東京から女子が転校してきた
彼女は挨拶で
「一年の半分以上は長靴で
生活するような所……」と言った
隣の男子は
「バカにしている」と憤慨した

そんな曇天の続く土地柄で

教科書に載っていた
立原道造の詩は
私にとって、初恋のようだった

私は詩作に打ち込んで
勤めていた時
詩の教室にも通った
そこでは私の詩には
思想がないと言われた
そして結婚して
詩は遠い世界に行ってしまった

四十二歳の時
肝臓病で三ヶ月程入院した

その時、夢を見た
山裾を葬列が通る
その棺を見たら空っぽだった

夢から醒めて
私は死ななかったと改めて思った
そして
これからはやりたい事を
やって行こうと
詩を作ることを覚悟した

草取り

伸び放題になった夏草
地べたを這うような
小さな草を
鎌を持って草を取る

隣のアパートから
まだ、ことばの発せられない男の子の
暴れている泣き声が聞こえてくる
昼寝した後のオムツ替えか
薬を飲む時間なのだろうか

若いお母さんは
やさしく男の子をなだめている

畑では
寒くなると甘みの増す
秋蒔きの大根や白菜の準備
赤ちゃんは
喃語からことばを覚えはじめ
一日ごとに大きく成長する

私と若いお母さんは
夏の終わりの午後
汗をかきながら
日常を格闘する

その家

坂道のカーブになった角の家
作業服の男性が
脚立を出し垣根の刈り込みをする
家の前の庭に
夏野菜を植えている

ふと見ると
二階のベランダの洗濯物が少なく
赤い物がない

この男の人は一人で家を守っているのだ
家の中には
奥さんの遺影があるのだろう
嫁に行った娘さんの持ち物が
未だ残っているのかも

家は城
自分の城をいたわるように
家の前に立つ姿が美しい

空から降ってきた言葉

住宅街の道路
向こうから車が来るので
私は自転車から降りて待っていた
通りがかりの時
運転手の男性が
「暑い中、体に気をつけて下さい」
と、走って行った

テレビやラジオのアナウンサーが

声掛けするのは分かっている
けれど知り合いでもない人が

西陽の当たる一車線の道
空から降ってきた言葉
「暑い中、体に気をつけて下さい」

大型トラックの配送員

農業資材を大型トラックで
運んできた運転手
二十歳ぐらいの小柄できゃしゃな体
玄関に入ると
「広い家ですね」と
私は「ネズミが走り回るのよ」と言うと
「アハハハー」と笑った

学生時代は陸上部かと思われる

体の動き
荷物を置き終えると
「コウセイさんにも宜しくお伝え下さい」
と言う
「息子はユキオと言うのですよ」と言うと
「アッ、そういう読みかたもあるのだ」
手渡したお茶のペットボトルを片手に
笑顔を残して行った

男の子

垣根のサンゴ樹の
刈り込みをして
通路側に落ちた枝葉を
片付けていた

自転車に乗った男の子が
「手伝いましょうか?」と声をかけてきた
竹箒と塵取を渡し手伝ってもらった

「何年生？」と聞くと
「五年生」と言う
「おうちは、どこ？」と尋ねると
「あっちのほう」と言って東を指差す

私の子どもたちが小学生の時は
名前を聴けばどこの子とわかったのに
新しい家が増えて
私のほうが迷ってしまう

きれいになったので
お礼を言おうとしたら
男の子はいなくなっていた
私の胸に小さな灯りを残して

Ⅱ

湯たんぽの温かさ

朝起きがけに
湯たんぽの入った布団の
ぬくもりが柔らかい

ウクライナの人たちは
寒さの中どうしているのかと
日本から送られたホカロンを当てて
喜んでいる子どもたちが
新聞に載っている

鎖国していた時代と違い
今は瞬時に世界中とつながっている
日本とウクライナは温かい関係
けれどロシアは
今まで以上に厳しく冷たい
国のトップが白を黒と言ったら
国民はそれに従うだけなのか

日本は平和と信じられている
けれどプーチンのような人間に
攻められたら
湯たんぽに温められた布団の中に
眠っていられなくなるだろう

ホカロンの温かさだけでなく
ウクライナの人たちの胸を
温めてあげられるものは無いのだろうか

空には鳥が囀っている
ウクライナに春よこいと

猫（一）

外から帰ってきて
家の中に入ろうとする
玄関の真ん中に
三毛猫が両手足を伸ばし
日光を浴びて寝そべっている
足音を立てても起き上がらない

朝起きて
シャッターを上げる

木の下にいた茶色の猫が
シャッターの音に驚いて
逃げるように走って行った

昼間は誰もいない家とわかって
我がもの顔で猫が寄ってくる
三毛猫、白黒、茶の猫が
洗い場の水を飲んで
物置の縁の下にもぐっていく

そこはかつて
祖父がタバコを吸って座っている
義父が椅子に座り
サツキの手入れをする

猫は家の主人になって
悠然と家の前を歩いている

猫（二）

最近、白い猫が迎えにやってくる
お茶に用意したせんべいを
爪で袋を開け食べている
怒ったふりをすると
歯を剝き出して
「ウー」と威嚇する

かたわらに来たので
撫でようとしたら

サッと逃げ出した
いつも北の方に向かって帰っていく
途中白黒の大きい猫と出会ったら
一目散に駆け出した

キャットフードを与えたら
キョロキョロ周りの様子を窺いながら
残さず食べている

一日に二回位は顔を出す
その畑に行かない時は
帰りに一握りのキャットフードを
お皿に置いておく
次の日お皿は空っぽになっている

キャットフードがことばとなって
猫と会話している

猫の真っ直ぐな目で見られると
私もかつて猫だったのかと

戻り梅雨

六月に入り雨も降らず
田んぼの中は
地割れをして
砂漠のような地面に
稲が立っている

気象庁は例年より早く
梅雨が明けたと発表する

いつもだったら
稲は水の中で根を張り
乳飲子が母乳を飲むように
稲の根もゴクゴク水を吸うのに
乾いた土塊の中で萎れている

七月に入り雨が降った
気象庁は
戻り梅雨と名付けた

田んぼの中は
行水する程の水嵩になり
穂の出る前の稲の緑も濃くなった
風が吹くと

稲の葉先が大海原となり
はるか彼方まで瑞穂の国となる

けれど
温暖化していくなかで
これからの梅雨は
どうなるだろうかと

高校のグラウンド

高校生が野球をする
クラブチームでサッカーの練習試合をする
スパイクの靴で蹴られたグラウンドの土
サッカーボールを蹴って
穴ボコになったグラウンド

彼らが流した汗
コーチから怒鳴られ
人目につかずこぼした涙

歓声を上げた雄叫び
それら全てを受け入れた高校のグラウンド

動きの終わった生徒達は
土埃の汚れた靴でグラウンドを後にする

広いグラウンドに生徒の影が見えなくなると
小型のトラクターが出てきて
その後ろにパイプ製の細長い鋤を付けて
東西南北または丸く
何度もトラクターは走り回る
汗と涙を受け入れたでこぼこになったグラウンド
レーキでかきならしている

今年も春がきた
真新しい靴が
グラウンドの土を蹴って
走っている

北京オリンピック

冬季北京オリンピックが始まった
開会式に習近平主席と
バッハ会長が並んで立っている
政治的対立で
中国に選手を送らない国がある

華麗な演技を支える
四年間の厳しい鍛錬の成果を
一瞬の映像で見る

にこやかに開会式に臨む
中国の主席
三国時代*の中国の為政者は
馬を鹿と言えと言い
それから「馬鹿」と言う呼び名ができた
日本の国には中国から
仏教と漢字が伝わって来ている

現在の中国は
世界に勢力を伸ばしている
その野望は
地球だけでなく宇宙にも

オリンピック選手達の
手に汗を握る競技
国を超え相手選手を讃えあう姿
政治的重苦しさを忘れ
平和の尊さが
美しく見える

＊　三国時代　229—263

水

人の体の血管をつなげると
その長さは地球を一周する分くらいあるという
朝コップ一杯の水を飲むと
体は目覚めすっきりとする

川に流した
バケツ一杯の水
魚や海藻の住処である海へ流れ
海流に乗り
北半球南半球へと旅をする

お勝手のシンクの中の
何万回となく食事した後の食器を洗う
水で濯いで汚れを落とし
茶碗は売られる前の様に蘇るのだ

老いた義母と病んだ弟は
水を飲めなくなり
異界へと旅だっていった

何処にでもあると思っている水
田舎の家では
元日の朝、水神様とよんで
うやまうのだった

啓蟄のころ

田んぼに十数羽のスズメが
土の中の物を啄んでいる
三月に入り
土の中の生き物達が
目覚めたのだ

家のサンゴ樹の垣根は
虫に喰われ枯れて
通りからは

枝垂れ梅の白い花が覗かれる

土の布団にくるまれ
気持よく眠っていた
カエルやヘビたち

土の中の温度が上がり
布団を蹴るように
飛び出してくる
そして彼らは
春の眩しい陽を
体いっぱい浴びるのだ

さくら

いつも通る桜並木
冬の間裸木だったのに
春のお彼岸頃から
そわそわして
桜の蕾が膨らんでくる

黒い蕾がエンジ色に
そして紫から
淡いピンクとなり開花する

桜は白無垢の舞台衣装で
通りがかりの人に
ため息をつかせ
春を喜び合う

束の間の夢を見せたあと
桜は空に帰る天女となり
惜しげもなく花びらを散らし
緑の葉だけとなる

次の春まで
どっしりと根を張り
空を慕うように
青い空を見上げている

Ⅲ

長男の嫁

夫は八年前に亡くなり
私が義母の責任者となった
病院の入院手続きで
私は続柄を長男の嫁とする

病院からの電話では
「長男の嫁さんですか」と語りかけられる
看護師から
「長男の嫁さんですね」と言われる

九十三歳の姑
七十一歳の嫁
どちらか病気で亡くなってもおかしくない

三年前の夏
親戚で頂いた蒲焼
私は今日はお惣菜があるので
明日に出そうと思っていた
「蒲焼があるのに私に食べさせない」
義母は怒った
長男の嫁として今まで世話したのに
何だったのかと口論になった
最後に義母は
「いいよ私が悪かった」と謝った

半世紀近く付き合った
気の強い姑と
強情な嫁

今日は息子と二人で
主治医から話を聞く
延命治療は行わず
本人の体力に任せていきましょう

長男の嫁を終えるのは
いつの日か

無音の暮らし

フレッツ光の機器がこわれて
電話もテレビも動かなく
無音の暮らしになった

夕ご飯の支度をしながら
テレビにスイッチを入れ
ニュースや天気予報を見るのが
習慣だった
今は

ウクライナの戦争や
殺人などの嫌なことが耳に
入らなくなったのは
精神的に良いことなのか

私が小学生のとき
未だテレビが普及していなかった
家の前の駄菓子屋の
けいこちゃんの家にはテレビがあった
近所の子五、六人で
「テレビを見させてください」
と茶の間に上がり正座して
「名犬ラッシー」や「赤銅鈴之助」を
見させてもらった

テレビで見る内容より
夜、よその家へ行くことが
子ども心にワクワクしたのだった

依存症では無いけれど
一人の部屋にいると
音が無いと何かしら寂しくなる
無音の生活になって
一週間たった

かたづけ

義父と義母の部屋をかたづけようと
手をつけたが
中途半端になり進まない

二人は昭和の初めの生まれで
青春時代が戦争だった
何でも捨てられず
押し入れ、タンスの中から
物が出てくる

箱に入ったままの寝具
使っていないフェイスタオルの束
布製の手提げ袋
皮製のハンドバッグ
スカーフ、ハンカチ
台湾土産の大判の扇子
孫が保育園で描いた絵
そしてミニカー

物の無い時代に生きた二人には
周りに物があることは
心の拠り所だったのだろう

この春アパートで一人暮らしする子に
シーツや毛布を
持っていっていいよと言ったら
いらないと言われた

仏壇の前に座り
大切にしていた物を
捨てるようになり
ごめんなさい
と

水について

深夜料金の電気給湯機が壊れ
排水溝の配管も錆びついてこわれ
お風呂に入れなくなった

蛇口をひねれば
水はいくらでも出てきた
洗い物をする時
ちょうど良い湯加減で
手も荒れなかった

世界地図を見渡すと
水の少ない国があり
学校へも行かず
水を汲むのを
仕事にする子どもたちがいる

コマーシャルは
快適、便利さを強調して流れる
水に困った今の私
なにをおごっていたのか
配管が直るまで
水を手作業で運んでいる

築五十年の家

家の中ネズミが走る
台所にご飯を置いておくと
食べられた跡がある
襖の戸も齧られている

駆除の人に頼んで
ネズミの餌
粘着剤シートを
部屋の隅々に置くようにした

朝、掃除をすると
糞があったのに
一週間程すると
それも無くなった

業者の人は言う
「最後は家を建て替えるしか
無いですね」

入母屋の屋根と
廂の間に隙間があり
そこからもネズミが出入りするのだと

思い切って屋根瓦を
軽いスレートに替えることにした

築五十年の家は
風雨にさらされ
家族の会話を聞いて
生きていた

夜の散歩

近所の友達と
夜の散歩に行く
家を七時三十分に出て四十分間
大場川の水門に向かい
橋を越え東京都に入る

遊歩道になった道はアスファルトで
車は通らず
まれにジョギングする人と行き交う

一本の銀杏の木で折り返す
行きに見える夜景は二つ三つ建つマンションの窓と
ゴルフ練習場の灯りが
クリスマスイルミネーションのように
輝いている

家の方に向かう帰りは
埼玉県となる
今度はひなびた夜景で
灯りがポツンポツンと見えるだけ
近くの老人介護施設は
東京に住む人が多いと聞いた

草の生えないアスファルトの道から
橋一つ越えると
土ほこりのたつ
路肩にノビルの生えているジャリ道
いつまでもこの道でいたらいいと

梅の木の下

梅の花の咲くころ
タンポポが腰高の高さで
咲き始めている
綿毛を飛ばしながら
根っこから抜いて
雑草も取り庭がすっきりした

三ヶ月程して
梅の実がなり
完熟した梅が下に落ちている

梅ジュースにしようと拾い始めたら
タンポポから代替わりしたように
ドクダミの十字の花が
花畑のように広がっている

梅を拾いながら
ドクダミの葉を踏って歩く
消毒液のような匂いが
手に染み付いた

昨日茹でた枝豆のサヤを持って
食べようとしたら
指にドクダミの匂いが残り
梅の木の下にいるようだった

家庭科室

夕餉の一品に
キュウリのなますを作る

高一のとき
家庭科のテストで
先生が私の名をあげ
最高点だったと言った

男兄弟の間に育った私は

母親の手伝いをよくしていた
こんな簡単なことなのに
何でみんなわからないのと

夏休みとなり
家庭科の先生は
私に学校に来てキュウリの千本切りをやりなさい
と言った

体育館で卓球部やバスケットボール部の
男子生徒が練習をしているのを横目に
私は汗を拭き拭き
家庭科室でキュウリの千本切りを
一週間通ってやった

他にも三、四人の人が居たけれど
あれはたぶん合宿している運動部の
食材だったのかもしれない

今もキュウリのなますを作ると
冷房もない家庭科室の蒸し暑さが
夏の思い出となってよみがえる

かりん酒

かりんの実が自身の重みに耐えかね
裸木から落ちている

硬い果肉にむかって
包丁を鉈のように使い
種を出し細切りにして
果実酒に漬ける

看護学校受験のとき

長野県の民宿に泊まった
お茶うけに
かりんの砂糖漬けと言って出された
一人で県外に行き
かりんのほの甘さが
母の優しさと重なるのだった

かりんは喘息を和らげると聞く
祖母は喘息で苦しんだので
かりんの木を植えたのだ

針金のような枝に
小判色したかりんが
二、三個しがみついている

かりん酒は
寝つけない夜に
一人で飲むと
母のふところにいるようだ

肩の痛み

肩が言っている
いつまで酷使するの
とうとう涙を出して訴える

湿布を貼ってもダメ
接骨院に行って
マッサージを受ける
血流が悪いのか
寒くなると痛みが出てくる

長い間の使い勝手で
体を保養するのを忘れていた
細胞が活発な時は無理がきく
年齢を重ねた
潤滑油の働きをする
いたわりの努力が必要だった

汗をかいて
ゆっくり
体を作り直そう

車の運転

十八歳になった子が
車の免許を取った
畑に行く時
助手席に座った
農道の交差点に来たら
「ここで、ばあちゃん事故を
起こしたんだよね」と言う
私は忘れてないけど
同乗して小学生だった彼は

しっかり覚えていた
あれから車は怖いと身に沁みて
気を付けるようにした

今は高齢者となり
更に
気を引き締めなければ
そして
行きも帰りも
助手席に座るようになるのだろう

おはぎ

彼岸が来ると
おはぎを作る
小豆を柔らかく炊いて
濾したら砂糖と煮詰めて
餡を作る

近所の人に配ったら
「田舎のお袋の作ったのを思い出して
おいしかったわ」

と言われ
これきりにしようと思いながら
今年もまた作ってしまう

男兄弟の中の私
夜なべ仕事をする母の傍
フキの皮を剝く母の手は節くれだち
爪の先は灰汁で黒かった
そして割烹着の裾は魚の匂いが染みていた
私はそんな母の手伝いをよくするのだった

その時、母は私に言うのだった
「自分がされて嫌なことは
人にするものでないよ」と

帰省した際
年老いた母に小遣いをあげようとしたら
「私はいいから、その分子どもに使ってあげな」
と、受け取らなかった

お勝手でおはぎを作り
母の教えてくれた生き方を
ひとり想い出す

あとがき

二年くらい前になると思いますが、ある雑誌で物理学者の先生が「日常生活の中で、『アレッ』と思ったことを根っこにして、研究を進めていくと、茎が立ち上がり、枝葉がしげり最後に花が咲く」と書いてありました。

それを読み、私は「詩も全く同じだ」と思ったものでした。私の詩集もこれで三冊目となりましたが、最初の頃は詩を作るのは楽しいと思ったのですが、最近は、詩のことばに対して、どれだけ誠実に向き合っているかと自問しているこのごろです。この詩集を作るにあたり、普段指導して頂いている北畑光男先生、またていねいにご指導頂きました、土曜美術社出版販売の高木祐子社主、装幀をして頂きました高島鯉水子様に、厚くお礼申し上げます。ありがとうございました

二〇二四年八月

三ヶ島千枝

著者略歴
三ヶ島千枝（みかしま・ちえ）

1950年生まれ
「花」同人

詩集『春の闖入者』（2016年　土曜美術社出版販売）
　　『夏みかんの木』（2020年　土曜美術社出版販売）

現住所　〒340-0823　埼玉県八潮市古新田1058

詩集　梅《うめ》の木《き》の下《した》で

発　行　二〇二四年十月二十日

著　者　三ヶ島千枝
装　幀　高島鯉水子
発行者　高木祐子
発行所　土曜美術社出版販売
〒162-0813　東京都新宿区東五軒町三—一〇
電　話　〇三—五二二九—〇七三〇
FAX　〇三—五二二九—〇七三二
振　替　〇〇一六〇—九—七五六九〇九
DTP　直井デザイン室
印刷・製本　モリモト印刷

ISBN978-4-8120-2857-5　C0092